FICHE D

DOCUMENT RÉDIGÉ
MAITRE EN LANGUES ET LITTÉR
(UNIVERSITÉ CATH

Le Journal d'Anne Frank

ANNE FRANK

lePetitLittéraire.fr

Rendez-vous sur lePetitLittéraire.fr et découvrez :

- plus de 1200 analyses
- claires et synthétiques
- téléchargeables en 30 secondes
- à imprimer chez soi

Code promo : LPL-PRINT-10

10 % DE RÉDUCTION SUR www.lePetitLittéraire.fr

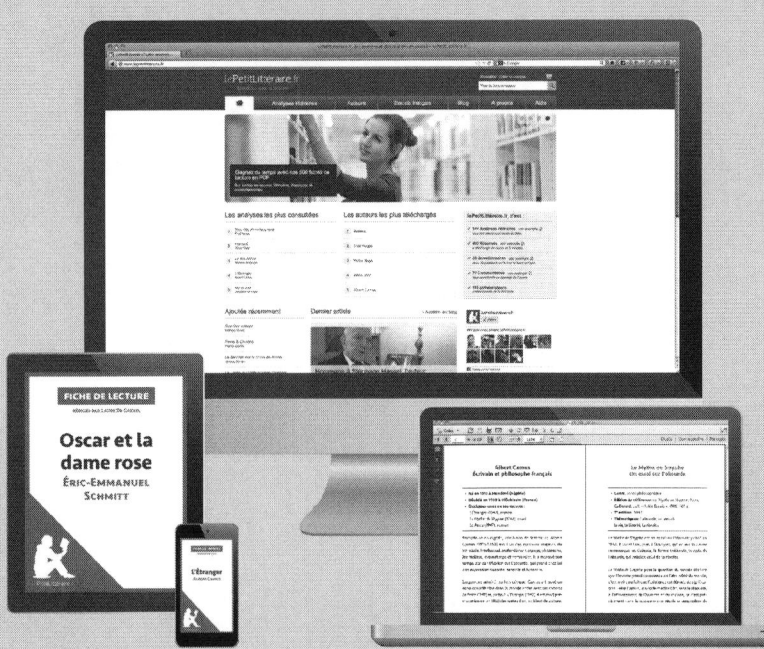

RÉSUMÉ 6

ÉTUDE DES PERSONNAGES 12

Anne

Edith Frank

Otto Frank

Margot Frank

Peter Van Daan (Van Pels)

M. et Mme Van Daan (Van Pels)

Albert Dussel (Fritz Pfeffer)

Les protecteurs

CLÉS DE LECTURE 17

Contexte historique

La vie dans la clandestinité

Kitty, la meilleure amie d'Anne

Publication et réception

PISTES DE RÉFLEXION 23

POUR ALLER PLUS LOIN 25

Anne Frank
Autobiographe allemande juive

- **Née en 1929 à Francfort-sur-le-Main**
- **Décédée en 1945 à Bergen-Belsen**
- **Son œuvre :**
  Le Journal d'Anne Frank (1947), roman autobiographique

D'origine allemande, Anne Frank (1929-1945) est un symbole de la persécution et de l'extermination des Juifs sous le régime nazi. La montée de l'antisémitisme et la multiplication des lois antijuives dans les années 1930 poussent sa famille à émigrer aux Pays-Bas avant d'entrer dans la clandestinité.

Ainsi, l'entreprise paternelle, située au centre d'Amsterdam, sert pendant deux ans de cachette à huit Juifs. Anne, dont l'ambition est de devenir écrivain ou journaliste, y écrit son journal mais aussi des anecdotes et des fictions, publiées en 2001 sous le titre Anecdotes et événements de l'Annexe. La Vie de Cady.

Probablement suite à une dénonciation, les clandestins sont arrêtés en aout 1944 et déportés. Dans le camp de Bergen-Belsen, Anne, malade du typhus, meurt durant l'hiver 1944-1945.

Le Journal d'Anne Frank
Le journal d'une juive condamnée

- **Genre:** journal intime
- **Édition de référence:** *Journal d'Anne Frank*, Paris, Le Livre de Poche, 1992, 415 p.
- **1re édition:** 1947
- **Thématiques:** Seconde Guerre mondiale, antisémitisme, clandestinité, amitié, déportation, peur

En 1947, Otto Frank prend l'initiative de publier le journal de sa fille sous le titre *L'Annexe*. La particularité de cet écrit est qu'il était destiné au départ à un usage strictement personnel: Anne y raconte sa vie au quotidien dans la clandestinité avec toutes les contraintes que celle-ci implique. Elle se livre également à des réflexions sur sa personnalité, son rapport avec les autres ou encore la guerre.

Le Journal d'Anne Frank est un des livres les plus lus au monde avec vingt-cinq millions d'exemplaires vendus et des traductions en cinquante-cinq langues.

RÉSUMÉ

AVANT LA CLANDESTINITÉ

Le journal débute le jour des 13 ans d'Anne, le 12 juin 1942. Il fait partie des cadeaux qu'elle a reçus pour son anniversaire. La jeune fille mène alors une vie relativement tranquille à Amsterdam : elle passe son temps avec ses camarades d'école, se fait punir en classe parce qu'elle est trop bavarde et a plusieurs admirateurs qui ne l'intéressent pas.

À ces préoccupations d'adolescente s'ajoutent celles liées au contexte d'écriture. Anne évoque en effet les lois antijuives prises par Hitler et qui sont d'application aux Pays-Bas alors occupés (port de l'étoile obligatoire, interdiction d'utiliser les transports en commun, de se rendre dans des lieux de divertissement ou d'être reçu chez des chrétiens, etc.)

L'ENTRÉE DANS LA CLANDESTINITÉ

Début juillet 1942, Otto, le père d'Anne, lui annonce qu'ils entreront bientôt dans la clandestinité. Le départ, initialement prévu pour le 16 juillet, est avancé d'une semaine en raison d'un évènement alarmant : Margot, la sœur ainée d'Anne, reçoit une convocation pour aller travailler dans un camp en Allemagne : « Ça m'a fait un choc terrible, une convocation, tout le monde sait ce que cela veut dire, je voyais déjà le spectre des camps de concentration et des cellules d'isolement [...]. » (mercredi 8 juillet 1942, p. 26)

Dès le lendemain, la famille Frank s'installe dans l'« Annexe », c'est-à-dire les pièces non exploitées de l'entreprise d'Otto, sans savoir qu'ils y resteront plus de deux ans. Les employés du père d'Anne (Miep, Bep, Kleiman et Kugler) sont dans le secret. Ils se chargeront par la suite de l'approvisionnement des clandestins. Anne sent que sa vie insouciante est bel et bien terminée. Mais il lui est encore difficile de considérer la cachette comme sa nouvelle maison.

La famille Van Daan, composée d'un associé d'Otto, de sa femme et de leur fils, les rejoint le 13 juillet. Les Frank apprennent que différentes rumeurs circulent sur leur soudaine disparition. Dans un premier temps, Anne est enchantée de l'arrivée de ces nouveaux occupants, mais très vite des tensions naissent : « [...] je trouve incroyable que des adultes puissent se quereller si vite, si souvent et à propos des détails les plus futiles. » (lundi 28 septembre 1942, p. 47)

Anne se retrouve souvent au centre des disputes, les Van Daan lui reprochant d'être trop bavarde et prétentieuse. La jeune fille entretient également des rapports conflictuels avec sa mère et sa sœur dont elle se sent différente.

UN HUITIÈME CLANDESTIN

En novembre, l'Annexe accueille un nouvel occupant : Albert Dussel, un dentiste. Celui-ci s'installe dans la chambre d'Anne.

De la fenêtre, celle-ci est régulièrement témoin de rafles de Juifs. Elle culpabilise de pouvoir se coucher tous les soirs dans son lit alors que beaucoup de personnes sont arrêtées et déportées : « [...] je ne peux m'empêcher de penser aux autres, à ceux qui sont partis et quand quelque chose me fait rire je m'arrête avec effroi et me dis que c'est une honte d'être aussi gaie. » (vendredi 20 novembre 1942, p. 76)

Tous les clandestins ont leurs pensées tournées vers le sort des Juifs et l'avancée de la guerre, mais ils sont aussi préoccupés par certains évènements qui les concernent directement. Ainsi, ils craignent que le nouveau propriétaire du bâtiment ne veuille visiter l'Annexe ; ils se méfient du nouveau magasinier qui pourrait les dénoncer ; ils sont terrorisés à l'idée d'être découverts lors des cambriolages ; ils craignent pour leur vie à chaque bombardement ou combat aérien.

Certains tracas personnels ponctuent également leur existence, comme par exemple le manque d'argent qui oblige les Van Daan à revendre certains vêtements ou la myopie d'Anne.

Mis à part cela, les jours se suivent dans une certaine monotonie, à tel point qu'Anne consacre certaines lettres à la description des soirées, des nuits et des repas à l'Annexe. Les seules distractions qu'ils connaissent sont la radio, la lecture de livres et de revues, et l'étude (sténographie, français, anglais, etc.). Anne, pour sa part, aime avant tout l'histoire, la mythologie, les arbres généalogiques de familles royales et le cinéma. Elle consacre aussi une partie de son temps à l'écriture de fictions.

UNE RELATION PRIVILÉGIÉE À L'ANNEXE

Anne se sent incomprise. Elle pleure souvent le soir dans son lit. Son besoin de soulager sa peine l'amène à se confier à Peter. Elle monte dans la chambre du jeune homme de plus en plus régulièrement, malgré sa crainte de l'ennuyer.

Les deux adolescents parlent de sujets divers, allant de leur personnalité à la sexualité, en passant par leur relation avec leurs parents. Il leur arrive également de regarder par la fenêtre en silence. Au départ, Anne affirme ne pas être amoureuse de Peter car elle aime un autre garçon du même prénom dont l'apparition en rêve l'a profondément bouleversée : « J'ai l'impression que depuis la nuit de mon rêve, je suis devenue plus mûre et beaucoup plus une personne à part entière. » (samedi 22 janvier 1944, p. 165) Mais l'amitié que ressent la jeune fille pour son camarade clandestin évolue rapidement vers des sentiments plus forts : « L'histoire, ici, devient de plus en plus belle, je crois,

Kitty, que nous allons peut-être avoir ici à l'Annexe un vrai grand amour. » (mercredi 22 mars 1944, p. 220) Cela l'amène à connaitre son premier baiser.

Le mardi 28 mars 1944, le ministre Bolkesteyn annonce à la radio que les témoignages sous forme de lettres et de journaux seront rassemblés après la guerre. Dès lors, Anne entreprend un travail de réécriture de son journal : « Pense comme ce serait intéressant si je publiais un roman sur l'Annexe ; rien qu'au titre, les gens iraient s'imaginer qu'il s'agit d'un roman policier. » (mercredi 29 mars 1944, p. 234)

En avril, les clandestins manquent d'être découverts suite à un nouveau cambriolage : le veilleur de nuit, ayant remarqué un trou dans la porte, inspecte avec l'aide d'un policier l'intérieur du bâtiment.

UNE FIN TRAGIQUE

Anne vit une période d'abattement : « Je n'ai jamais été aussi malheureuse depuis des mois, même après le cambriolage je n'étais pas à ce point brisée, physiquement et mentalement. » (vendredi 26 mai 1944, p. 291) Elle reprend ensuite courage quand elle apprend que le débarquement a commencé : elle suit quotidiennement l'avancée des Anglais.

La dernière lettre du journal date du 1ᵉʳ aout 1944. Elle traite de la personnalité cachée d'Anne, celle qu'elle ne dévoile jamais, et qui est selon elle beaucoup plus belle et plus profonde que celle affichée devant les autres. Trois jours plus tard, les clandestins sont arrêtés.

ÉTUDE DES PERSONNAGES

ANNE

Née le 12 juin 1929, Anne est la plus jeune des clandestins. À la lecture de ses lettres, on se rend vite compte qu'elle est bavarde et aime se faire remarquer (dimanche 21 juin 1942). Ces traits de caractère provoquent des réactions vives de la part des adultes. Anne ne le laisse pas transparaitre, mais en réalité elle est fort attristée par toutes ces réprimandes (« [...] je voudrais demander à Dieu de me donner une autre nature qui ne provoquerait pas l'hostilité des gens », samedi 30 janvier 1942, p. 86).

En raison des conditions de vie particulières, la jeune fille acquiert rapidement un niveau de maturité élevé : entre les premières lettres exposant des anecdotes sur ses camarades d'école et les dernières où elle aborde des thèmes comme la sexualité, la nature humaine ou la condition des femmes, le contraste est saisissant.

Anne a pour ambition de devenir une écrivaine ou journaliste. Elle souhaite continuer à vivre après sa mort (mercredi 5 avril 1944). Son vœu se réalisera puisque son nom sera connu dans le monde entier.

EDITH FRANK

La relation entre la mère et la fille est particulièrement tendue. Il n'existe aucune complicité entre elles et les disputes sont fréquentes. Pour Anne, Edith représente le contremodèle de ce que doit être une mère. L'adolescente a l'impression qu'elle doit s'éduquer toute seule (« [...] il me manque chaque jour et à chaque instant la mère qui me comprendrait », vendredi 24 décembre 1943, p. 149).

À plusieurs reprises, Anne tient des propos très durs à l'égard d'Edith (samedi 3 octobre 1942, vendredi 17 mars 1944), mais dans la lettre du 2 janvier 1944, elle reconnaît ses propres torts et relativise (« La période où, les larmes aux yeux, je condamnais Maman est terminée, je suis devenue plus raisonnable. », p. 193). Edith n'est pas insensible à ce rapport problématique avec sa fille, comme l'illustrent ses pleurs suite au refus d'Anne de prier avec elle (vendredi 2 avril 1943).

OTTO FRANK

Le père d'Anne était le directeur de l'entreprise Opekta où se cachent les clandestins. Anne a beaucoup d'estime pour lui, elle pense qu'il est le seul de la famille à la comprendre parfois. De tempérament optimiste, il est calme et ne se plaint jamais.

Anne se réfugie auprès de lui dès qu'il y a un bombardement. Au quotidien, il aide sa fille à réviser ses leçons et c'est vers lui que les autres se tournent lorsqu'il s'agit de prendre une décision.

Il arrive également qu'Anne se sente incomprise et abandonnée par son père, comme elle le manifeste dans une lettre qu'elle lui a écrite (« Quand j'avais des problèmes, vous deux, et toi aussi, vous avez fermé les yeux et vous êtes bouché les oreilles, tu ne m'as pas aidée », vendredi 5 mai 1944, p. 269).

Otto est le seul des huit clandestins à avoir survécu à la déportation. Après la guerre, il se remariera et s'installera en Suisse où il vivra jusqu'à sa mort en 1980.

MARGOT FRANK

De trois ans l'ainée d'Anne, Margot a un caractère fort différent de celui de sa sœur : elle est discrète, voire effacée, et ne se retrouve jamais au centre des disputes. Elle s'avère également très douée pour l'étude. L'ironie et la jalousie transparaissent quand Anne la qualifie de « fille modèle ».

À certaines périodes, Anne ne supporte pas sa sœur et a le sentiment que ses parents ne traitent pas leurs filles de la même façon (« Serait-ce un hasard si Maman et Papa ne grondent jamais Margot et que tout retombe toujours sur moi ? », samedi 31 octobre 1942, p. 62-63). À d'autres moments, par contre, une certaine complicité s'installe entre les deux jeunes filles (Anne la laisse lire quelques passages de son journal).

Après la guerre, Margot souhaite devenir puéricultrice en Palestine. Elle tient aussi un journal qui n'a jamais été retrouvé.

PETER VAN DAAN (VAN PELS)

Avant 1944, Anne n'a aucune affinité avec Peter. Elle le trouve douillet, paresseux et inintéressant (« Un dadais timide et plutôt ennuyeux dont la compagnie ne promet pas grand-chose », vendredi 14 aout 1942, p. 36). Sa timidité extrême le conduit à être très silencieux.

Par après, Anne trouve en lui un confident. Elle passe presque tous les après-midis en sa compagnie et finit par tomber amoureuse de l'adolescent. Peter lui avoue ne pas avoir du tout confiance en lui. Il l'admire pour son assurance et son sens de la répartie. Dans les dernières lettres de son journal, Anne explique être déçue par Peter à cause de son aversion pour la religion et de sa faiblesse de caractère.

Peter a comme projet de se rendre dans les plantations des Indes néerlandaises.

M. ET Mme VAN DAAN (VAN PELS)

Le mari et la femme se font souvent remarquer par leurs disputes. Leur comportement agace parfois Anne, par exemple quand à table ils se réservent les meilleures parts.

Madame s'occupe de la cuisine. Elle est gaie, mais Anne la trouve insupportable quand elle se plaint ou quand elle fait des remarques au sujet de son éducation. Monsieur, pour sa part, aime donner son avis sur tout et devient très irritable quand il n'a plus de cigarettes.

ALBERT DUSSEL (FRITZ PFEFFER)

Il est le dernier clandestin à s'installer à l'Annexe et l'unique à ne pas être accompagné de sa famille. Sa compagne, une chrétienne, ne doit pas vivre cachée. Anne doit partager sa chambre avec lui, ce qui ne l'enchante pas. Tout comme Mme Van Daan, le dentiste estime qu'Anne est mal élevée.

Anne est irritée quand elle découvre qu'il a une réserve personnelle de nourriture et estime qu'il manque parfois de prudence (il demande à Miep de lui apporter un pamphlet sur Mussolini et ne supporte pas les nouvelles mesures de sécurité prises à la suite d'un cambriolage). Il arrive aux autres clandestins de s'amuser de ses pertes de mémoire et des promesses qu'il fait sans jamais les tenir (mercredi 17 novembre 1943, p. 144).

LES PROTECTEURS

Quatre personnes veillent sur les clandestins : Kleiman et Kugler, placés à la tête de la société Opekta, la secrétaire Miep et l'employée de bureau Bep. L'aide qu'ils apportent quotidiennement est précieuse aux habitants de l'Annexe. Ils fournissent la nourriture, des livres et tentent de subvenir aux besoins matériels. Ils leur apportent des nouvelles du monde extérieur et les soutiennent moralement par leurs visites quotidiennes. Les clandestins ont conscience d'être totalement dépendants d'eux. Anne est extrêmement reconnaissante envers ces « héros » qui prennent des risques pour les aider (vendredi 28 janvier 1944).

CLÉS DE LECTURE

CONTEXTE HISTORIQUE

En 1919, au terme de la Première Guerre mondiale, le traité de Versailles est signé. Il vise à établir la paix entre les vainqueurs de la guerre et l'Allemagne. Cette dernière est notamment contrainte de céder ses colonies et quelques-uns de ses territoires.

Dix ans plus tard, le monde est secoué par le krach boursier qui s'est produit aux États-Unis et qui mène à la période dite de la Grande Dépression. Il plonge le monde dans une crise profonde durant laquelle la pauvreté des gens et le taux de chômage augmentent fortement. Cela a pour conséquence la montée des partis politiques totalitaires (partis détenant tous les pouvoirs et n'acceptant aucune opposition), tels que le nazisme en Allemagne, le fascisme en Italie, ou encore le franquisme en Espagne.

En Allemagne, Hitler prend la tête du parti ouvrier, en 1920, qu'il renomme Parti nationaliste-socialiste des travailleurs allemands. Grâce à la personnalité de son chef et aux contextes économique et social, il devient le premier parti dès 1932. Un an plus tard, Hitler prend la tête du pays. Il lance alors une série de mesures d'exclusion contre les Juifs, les recensant, les obligeant à porter l'étoile jaune, les licenciant, les déportant ou même les faisant assassiner. Il considérait en effet que la « race allemande » était supérieure aux autres et voulait ainsi éliminer les

Juifs, les Roms, etc., qui mettaient à mal son projet de « race aryenne ». C'est pour cette raison que la famille Frank décide, en 1933, de quitter l'Allemagne et de se rendre aux Pays-Bas qui se sont déclarés neutres lorsque le conflit a éclaté et qui ont, jusqu'alors, été épargnés.

Malheureusement, en mai 1940, le pays est envahi par l'Allemagne qui y fait appliquer le régime politique de répression des Juifs. Ceux-ci sont menacés d'être envoyés dans les camps de concentration, s'ils sont jugés aptes au travail, où ils y sont traités de façon inhumaine, ou dans les camps d'extermination où ils sont tués dans les chambres à gaz. Certaines personnes choisissent alors de s'opposer à l'invasion allemande et de venir en aide à la communauté juive (en les cachant, en leur donnant de la nourriture, etc.). Ils sont appelés « les résistants » et risquent d'être condamnés à mort s'ils sont découverts.

Ce n'est qu'au mois de mai 1945 que les Pays-Bas sont libérés du joug allemand, après de nombreux combats entrainant la mort de dizaines de milliers de personnes.

LA VIE DANS LA CLANDESTINITÉ

Le Journal d'Anne Frank peut être considéré comme un document historique sur les conditions de vie des clandestins durant la Seconde Guerre mondiale. En effet, les Frank doivent revoir complètement leur mode de vie une fois qu'ils emménagent à l'Annexe. Même si Anne estime qu'ils ont beaucoup de chance par rapport aux Juifs déportés et qu'ils sont plus confortablement installés que la plupart des clandestins, ses lettres font apparaitre à quel point il est pénible de vivre caché, et ce pour plusieurs raisons :

- la totale dépendance envers d'autres personnes. La vie des clandestins n'est plus entièrement entre leurs mains, ils doivent compter sur leurs protecteurs. Dès qu'un de ceux-ci tombe malade, cela a des conséquences sur leur existence. Plus encore, ils dépendent du sort de leurs fournisseurs de tickets de ravitaillement et de Van Hoeven, qui leur procure des pommes de terre. Quand celui-ci se fait arrêter, Anne écrit qu'il ne le leur reste plus qu'à manger moins (jeudi 25 mai 1944) ;
- les contraintes matérielles. Tous passent leurs journées dans un espace réduit sans aucune possibilité de sortir, ne serait-ce que pour prendre l'air. Ils doivent se laver dans un baquet que chacun transporte dans l'endroit où il estime avoir le plus d'intimité. Les vêtements des enfants qui sont devenus trop petits ne peuvent pas être remplacés et si quelqu'un tombe malade, il est impossible d'appeler un médecin. Les repas ne sont presque pas variés et il est parfois nécessaire de manger de la nourriture avariée (lundi 3 avril 1944, mercredi 3 mai 1944) ;
- les tensions au sein du groupe. Vivre constamment avec les mêmes personnes implique nécessairement des conflits de natures diverses. Les disputes sont très fréquentes à l'Annexe (« Pour dire vrai, j'oublie parfois avec qui nous sommes fâchés et avec qui nous sommes déjà réconciliés », dimanche 17 octobre 1943, p. 137) ;

- la pression psychologique. La peur d'être dénoncés et arrêtés occupe l'esprit des clandestins jour après jour. Aux innombrables précautions qu'ils doivent prendre au quotidien (ne faire aucun bruit durant les heures de bureau, ne jamais passer devant une fenêtre, etc.), s'ajoute le stress dû à chaque bombardement ou cambriolage. Il est par ailleurs très déprimant et angoissant de ne pas savoir jusque quand ils devront vivre dans ces conditions : « L'idée de ne jamais pouvoir sortir m'oppresse aussi plus que je ne suis capable de le dire et j'ai très peur qu'on nous découvre et qu'on nous fusille, évidemment une perspective assez peu réjouissante. » (lundi 28 septembre 1942, p. 34)

KITTY, LA MEILLEURE AMIE D'ANNE

Dans son journal, Anne s'adresse à une amie imaginaire, Kitty. Très vite, Anne explique qu'elle écrit parce qu'elle n'a pas de véritable amie, même si elle s'amuse avec ses copines de classe. Ce qu'elle recherche, c'est de pouvoir livrer ses pensées sans aucune retenue.

Au départ, Anne raconte principalement des anecdotes sur ses journées passées à l'école ou avec les jeunes de son âge. Une fois rentrée dans la clandestinité, par contre, l'absence de personnes à qui se confier devient réellement pesante pour la jeune fille. Dès lors, plus qu'un simple passe-temps, le journal devient pour elle un soutien indispensable, il lui rend la vie plus supportable (« Ce que j'ai encore de meilleur, il me semble, c'est de pouvoir au moins noter ce que je pense et ce que j'éprouve, sinon j'étoufferais complètement », jeudi 16 mars 1944, p. 211).

L'écriture l'aide également à s'interroger sur sa propre personnalité. Elle affirme être capable d'analyser son comportement comme s'il s'agissait de celui d'une autre personne (jeudi 6 janvier, mercredi 12 janvier et samedi 15 juillet 1944).

Le Journal d'Anne Frank donne donc à lire des propos écrits sans aucune autocensure puisqu'ils étaient destinés à une amie qui devait en garder le secret. C'est sans doute cette sincérité qui a fait en sorte que le journal a touché de si nombreux lecteurs.

PUBLICATION ET RÉCEPTION

Le jour de l'arrestation des clandestins, Miep rassemble les cahiers et feuilles éparses d'Anne et les enferme dans un tiroir en vue de les restituer ultérieurement à l'adolescente.

Après la Libération, Otto rentre aux Pays-Bas. Il a appris la mort de son épouse, mais ne connait pas le sort de ses filles. Il entreprend plusieurs démarches pour les retrouver. Finalement, en juillet 1945, deux sœurs qui ont assisté à la mort des filles Frank lui en font part.

Miep, désormais certaine qu'Anne ne reviendra pas, remet les écrits à Otto. Jusqu'en septembre 1945, il ne les lit pas. Une fois qu'il trouve la force de le faire, il est stupéfait de découvrir une fille tout à fait différente de celle qu'il a connue.

Après quelques hésitations, Otto décide de réaliser le souhait de sa fille : il entreprend de faire publier son journal. Au départ, aucun éditeur n'est intéressé. Ce n'est qu'à la suite d'un article d'un historien publié dans le journal *Het Parool* que les écrits d'Anne sortent en volume sous le titre *L'Annexe*, en juin 1947.

Le journal est bien reçu et les 1500 exemplaires de la première édition sont rapidement vendus. La seconde édition date de décembre 1947 et la troisième de février 1948. Dans les années 1950, le livre est traduit en allemand, en français et en anglais. Aux États-Unis, deux adaptations, l'une théâtrale et l'autre cinématographique, sont réalisées.

PISTES DE RÉFLEXION

QUELQUES QUESTIONS POUR APPROFONDIR SA RÉFLEXION...

- À partir du roman, tentez de dégager les caractéristiques du récit autobiographique.
- Quels sont les avantages que le point de vue subjectif du récit apporte dans un livre d'histoire ?
- Quel type d'informations peut-on trouver dans le journal ? Essayez d'expliquer ce qui pousse Anne à continuer la rédaction de ce journal pendant toute la durée de sa vie dans l'Annexe.
- Le journal intime est une forme qui peut être utilisée pour écrire de la fiction. Comparez *Le Journal d'Anne Frank* au *Horla* de Maupassant. Qu'est-ce qui différencie les deux œuvres ? Quelle est l'apport de cette forme d'écriture dans l'une et l'autre ?
- *Le Journal d'Anne Frank* est un des livres les plus vendus au monde. À votre avis, pourquoi ?
- La famille Frank a décidé d'enfreindre les lois et de rentrer dans la clandestinité. Pourtant, aujourd'hui, personne ne songerait à les qualifier de criminels. Qu'est-ce qui rend la désobéissance des Frank absolument légitime ?
- Quels sont les points communs et les différences entre *Le Journal d'Anne Frank* et le film *Monsieur Batignol* de Gérard Jugnot ?

- Anne Frank a rédigé son journal il y a plus de 60 ans dans un contexte bien différent du nôtre. Pourtant, certains aspects de sa vie sont semblables à ceux d'une adolescente d'aujourd'hui. Quels sont les aspects qui la rendent proche des adolescents actuels?
- Rédige trois pages de journal intime d'un enfant afghan de Kaboul, d'un palestinien de la bande de Gaza ou d'un jeune moine tibétain.

POUR ALLER PLUS LOIN

ÉDITION DE RÉFÉRENCE

- Frank A., *Journal d'Anne Frank*, Paris, Le Livre de Poche, 1992.

ÉTUDES DE RÉFÉRENCE

- *Anne Frank. Une vie*, Fondation Anne Frank, Paris, Casterman, 1992.
- Lee C. A., *Anne Frank. Les secrets d'une vie*, Paris, Éditions de la Seine, 1999.
- Site du musée Anne Frank créé dans l'Annexe : http://www.annefrank.org/
- Centre de ressources Anne Frank : http://annefrank.cidem.org/home.php

ADAPTATIONS

- Le *Journal d'Anne Frank*, dessin animé de Nagaoka Akiyoshi et Julian Y. Wolff, 1999.
- Le *Journal d'Anne Frank*, téléfilm de Jon Jones, 2008.

SUR LEPETITLITTÉRAIRE.FR

- Questionnaire de lecture sur *Le Journal d'Anne Frank*

Retrouvez notre offre complète sur lePetitLittéraire.fr

- des fiches de lectures
- des commentaires littéraires
- des questionnaires de lecture
- des résumés

ANOUILH
- Antigone

AUSTEN
- Orgueil et Préjugés

BALZAC
- Eugénie Grandet
- Le Père Goriot
- Illusions perdues

BARJAVEL
- La Nuit des temps

BEAUMARCHAIS
- Le Mariage de Figaro

BECKETT
- En attendant Godot

BRETON
- Nadja

CAMUS
- La Peste
- Les Justes
- L'Étranger

CARRÈRE
- Limonov

CÉLINE
- Voyage au bout de la nuit

CERVANTÈS
- Don Quichotte de la Manche

CHATEAUBRIAND
- Mémoires d'outre-tombe

CHODERLOS DE LACLOS
- Les Liaisons dangereuses

CHRÉTIEN DE TROYES
- Yvain ou le Chevalier au lion

CHRISTIE
- Dix Petits Nègres

CLAUDEL
- La Petite Fille de Monsieur Linh
- Le Rapport de Brodeck

COELHO
- L'Alchimiste

CONAN DOYLE
- Le Chien des Baskerville

DAI SIJIE
- Balzac et la Petite Tailleuse chinoise

DE GAULLE
- Mémoires de guerre III. Le Salut. 1944-1946

DE VIGAN
- No et moi

DICKER
- La Vérité sur l'affaire Harry Quebert

DIDEROT
- Supplément au Voyage de Bougainville

DUMAS
- Les Trois Mousquetaires

ÉNARD
- Parlez-leur de batailles, de rois et d'éléphants

FERRARI
- Le Sermon sur la chute de Rome

FLAUBERT
- Madame Bovary

FRANK
- Journal d'Anne Frank

FRED VARGAS
- Pars vite et reviens tard

GARY
- La Vie devant soi

Gaudé
- La Mort du roi Tsongor
- Le Soleil des Scorta

Gautier
- La Morte amoureuse
- Le Capitaine Fracasse

Gavalda
- 35 kilos d'espoir

Gide
- Les Faux-Monnayeurs

Giono
- Le Grand Troupeau
- Le Hussard sur le toit

Giraudoux
- La guerre de Troie n'aura pas lieu

Golding
- Sa Majesté des Mouches

Grimbert
- Un secret

Hemingway
- Le Vieil Homme et la Mer

Hessel
- Indignez-vous !

Homère
- L'Odyssée

Hugo
- Le Dernier Jour d'un condamné
- Les Misérables
- Notre-Dame de Paris

Huxley
- Le Meilleur des mondes

Ionesco
- Rhinocéros
- La Cantatrice chauve

Jary
- Ubu roi

Jenni
- L'Art français de la guerre

Joffo
- Un sac de billes

Kafka
- La Métamorphose

Kerouac
- Sur la route

Kessel
- Le Lion

Larsson
- Millenium I. Les hommes qui n'aimaient pas les femmes

Le Clézio
- Mondo

Levi
- Si c'est un homme

Levy
- Et si c'était vrai...

Maalouf
- Léon l'Africain

Malraux
- La Condition humaine

Marivaux
- La Double Inconstance
- Le Jeu de l'amour et du hasard

Martinez
- Du domaine des murmures

Maupassant
- Boule de suif
- Le Horla
- Une vie

Mauriac
- Le Nœud de vipères

Mauriac
- Le Sagouin

Mérimée
- Tamango
- Colomba

Merle
- La mort est mon métier

Molière
- Le Misanthrope
- L'Avare
- Le Bourgeois gentilhomme

Montaigne
- Essais

Morpurgo
- Le Roi Arthur

Musset
- Lorenzaccio

Musso
- Que serais-je sans toi ?

Nothomb
- Stupeur et Tremblements

Orwell
- La Ferme des animaux
- 1984

Pagnol
- La Gloire de mon père

Pancol
- Les Yeux jaunes des crocodiles

Pascal
- Pensées

Pennac
- Au bonheur des ogres

Poe
- La Chute de la maison Usher

Proust
- Du côté de chez Swann

Queneau
- Zazie dans le métro

Quignard
- Tous les matins du monde

RABELAIS
- Gargantua

RACINE
- Andromaque
- Britannicus
- Phèdre

ROUSSEAU
- Confessions

ROSTAND
- Cyrano de Bergerac

ROWLING
- Harry Potter à l'école des sorciers

SAINT-EXUPÉRY
- Le Petit Prince
- Vol de nuit

SARTRE
- Huis clos
- La Nausée
- Les Mouches

SCHLINK
- Le Liseur

SCHMITT
- La Part de l'autre
- Oscar et la Dame rose

SEPULVEDA
- Le Vieux qui lisait des romans d'amour

SHAKESPEARE
- Roméo et Juliette

SIMENON
- Le Chien jaune

STEEMAN
- L'Assassin habite au 21

STEINBECK
- Des souris et des hommes

STENDHAL
- Le Rouge et le Noir

STEVENSON
- L'Île au trésor

SÜSKIND
- Le Parfum

TOLSTOÏ
- Anna Karénine

TOURNIER
- Vendredi ou la Vie sauvage

TOUSSAINT
- Fuir

UHLMAN
- L'Ami retrouvé

VERNE
- Le Tour du monde en 80 jours
- Vingt mille lieues sous les mers
- Voyage au centre de la terre

VIAN
- L'Écume des jours

VOLTAIRE
- Candide

WELLS
- La Guerre des mondes

YOURCENAR
- Mémoires d'Hadrien

ZOLA
- Au bonheur des dames
- L'Assommoir
- Germinal

ZWEIG
- Le Joueur d'échecs

Et beaucoup d'autres sur lePetitLittéraire.fr

© **LePetitLittéraire.fr**, **2013. Tous droits réservés.**

www.lepetitlitteraire.fr

ISBN version imprimée : 978-2-8062-1328-0
ISBN version numérique : 978-2-8062-1820-9
Dépôt légal : D/2013/12.603/28

Printed in Great Britain
by Amazon.co.uk, Ltd.,
Marston Gate.